EL LEÓN Y EL RATÓN

y otras fábulas para aprender a leer

Fábulas 4

Planeta Junior

© 2022, Adrián Galarcep Vidal
© 2022, Estudio PE S.A.C.

Desarrollo editorial: Estudio PE S.A.C.
Ilustraciones de interiores: Daniel Maguiña
Redacción de textos: Micaela Arizola
Diseño de interiores: Daniel Torres
Diseño de portada: Gama-Concept
Ilustración de portada: Daniel Maguiña

Derechos reservados

© 2022, Editorial Planeta Mexicana, S.A. de C.V.
Bajo el sello editorial PLANETA JUNIOR M.R.
Avenida Presidente Masarik núm. 111,
Piso 2, Polanco V Sección, Miguel Hidalgo
C.P. 11560, Ciudad de México
www.planetadelibros.com.mx

Primera edición impresa en México: julio de 2022
ISBN Obra completa: 978-607-07-8633-4
ISBN Volumen IV: 978-607-07-8637-2

Impreso en los talleres de Litográfica Ingramex, S.A. de C.V.
Centeno núm. 162-1, colonia Granjas Esmeralda, Ciudad de México
Impreso y hecho en México - *Printed and made in Mexico*

EL LEÓN
Y EL RATÓN

Una tarde muy soleada
el rey de la selva descansaba
en la sabana africana.

En eso, un pequeño ratón que
iba pasando se tropezó con él y
le cayó encima. El león, furioso,
tomó al ratón entre sus enormes
garras. Pero antes de comérselo de
un bocado, escuchó que le decía:

«Lo siento mucho.
Por favor, déjame ir.
Tal vez algún día me
necesites», imploró el ratón.

El león miró
sorprendido al ratón.
«¡Qué ratón tan
valiente!», pensó.
«Nunca había visto
nada igual». Así que
decidió soltarlo porque
lo hizo reír.

Unos días más tarde, el león paseaba
por la sabana. Estaba tan distraído
que cayó en la trampa que unos
cazadores habían puesto.

«¡Auxilio, auxilio!», gritó
el león con todas sus fuerzas.

El ratón lo escuchó a lo lejos
y, fiel a su promesa, corrió a
ayudarlo. Sin perder el tiempo
comenzó a morder la red de
la trampa hasta que la rompió.

El león agradeció al ratón por haberlo
salvado y comprendió que nunca
se debe menospreciar a los que
en apariencia son más débiles.

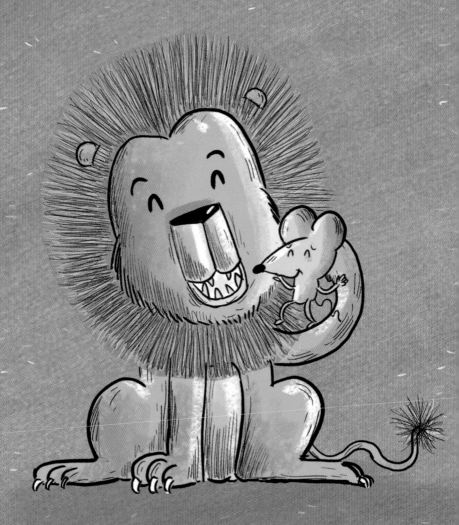

EL CASCABEL Y EL GATO

Un gato vivía feliz en una
enorme casa con su familia
humana. Ellos lo mimaban
mucho todos los días.
Su único trabajo era
espantar a los ratones.

Los pobres ratones vivían
tan angustiados, que dejaron
de salir a buscar comida.
¡Era demasiado peligroso!

Los ratones, cada día con más hambre, empezaron a tramar un plan para distraer al gato.

«La única manera de poder salir tranquilos es saber siempre dónde está», dijeron.

«¿Pero cómo lo hacemos?»,
preguntó un ratón.
«¡Muy sencillo! Le pondremos
un cascabel y así sabremos
cuando esté cerca»,
contestó otro.

«¡Magnífico plan! ¡Qué buena idea! ¡Hay que hacerlo ahora mismo!», respondieron a coro los demás ratones.

«Pero ¿quién le pondrá el cascabel al gato?», preguntó otro ratón.

Todos se quedaron en silencio sin saber qué hacer. Nadie era lo suficientemente valiente para decir «¡yo!».

El gato, que había estado escuchando a los ratones todo este tiempo, les dijo sonriendo: «A veces es más fácil decir las cosas que hacerlas, ¿no creen?».

EL ASNO Y LA PERRITA FALDERA

Había una vez un granjero que vivía en una linda casa junto con varios animales y una perrita faldera muy hermosa.

La perrita faldera era la única que vivía dentro de la casa, dormía junto al fuego y comía bajo la mesa.
En la granja también vivía un joven asno que todos los días salía con el granjero a trabajar la tierra y recorrer los campos. Ambos pasaban mucho tiempo juntos.

Una tarde, cuando el granjero
y el asno volvían del campo
después de un largo día de trabajo,
la perrita salió a su encuentro
sin dejar de hacerle fiestas.
«Eres una buena y preciosa perrita»,
le dijo, acariciándole las orejas.

Al ver esto, el asno sintió unos celos terribles. «¿Cómo es posible que la quiera más que a mí?», pensó.

«Yo soy quien acompaña al granjero a trabajar todos los días. ¡Soy mucho mejor que ella!», se dijo.
Entonces se le ocurrió una idea.

«Yo también voy a brincar
alrededor de él, voy a rebuznar
y a sentarme en su regazo,
así me querrá más a mí».
Al día siguiente, en cuanto el
asno lo vio llegar, trató de imitar
a la perrita, pero el granjero y los
demás animales se asustaron pues
creyeron que trataba de atacarlo.

Entonces, el asno se dio cuenta de que había dejado que los celos lo cegaran: imitando a la perrita no logró que el granjero lo quisiera más, su cariño ya se lo había ganado siendo así como era. Y entendió que los celos nunca son buenos consejeros.

EL ZORRO
Y EL CUERVO

Un cuervo con grandes alas robó
un enorme trozo de carne a unos
hombres que caminaban por el campo.
En cuanto consiguió su almuerzo, voló
al árbol más alto y, orgulloso, se posó
en una de las ramas para que todos
los demás cuervos lo vieran.

Justo en ese momento pasó por
allí un astuto zorro, que se quedó
pasmado al ver al cuervo con
tremendo almuerzo.

«¡Qué sabroso se ve ese
gran trozo de carne!
Debe ser mío», se dijo.

«¡Amigo cuervo, qué bien te ves hoy!», le gritó. Y siguió: «¡Qué hermoso eres! ¡Cómo brillan tus plumas!», añadió. El zorro seguía con sus halagos y el cuervo lo escuchaba feliz.

Entonces, el astuto zorro le dijo:
«Dime, cuervo: ¿cantas tan bien
como tus otros amigos pájaros?».
«Mi voz es hermosa y potente»,
respondió el cuervo.
«Baja un poco para que todos
los animales podamos escuchar
tu canto», propuso el zorro.
«¡Claro que sí! ¡Bajo enseguida!»,
contestó el cuervo.

El cuervo quería demostrar
a todos que tenía buena voz.
Pero no tenía dónde poner
el trozo de carne.
«Qué pena que un cuervo
tan hermoso no tenga una
gran voz», insistió el zorro
fingiendo desilusión.
La vanidad venció al cuervo
y decidió enseñarle lo bien
que cantaba.

Abrió el pico y graznó
lo más fuerte que pudo.
Entonces se le cayó su gran
trozo de carne, que fue a
parar a las garras del zorro.
«¡Eres muy presumido!
Tu vanidad te dejó sin
comida», le dijo. Avergonzado,
el cuervo entendió que todas
las cosas bonitas que el zorro
le había dicho eran
para engañarlo.